붉은 수숫대

실천문학 시인선 038

붉은 수숫대

정완희 시집

실천문학사

제1부

붉은 수숫대 11
부활 12
해결사 14
살생 15
인부수첩28 사과문에 부쳐 17
견적서 19
구인 유감 21
마취 23
스파크 25
안개의 냄새 27
돌풍 29
땅콩 31
금강 32

제2부

콩 고르기 35
삶 37
호박의 진실 38
살충 39
약점 41
생존 43
나비 조심 45
착과 47
머위 49
앵두 50
멧돼지 다녀가셨다 51
고구마 횡재하다 52
거지주머니병 53

제3부

배꽃 57

개축 58

모시를 키운다 60

산 아랫집 62

감이 떨어진다 63

낙하 65

삼발이 67

양보 69

부여에서 버스를 탄다 70

밀물 그 그리움 속으로 71

마을버스 72

매미 73

판교는 안녕하신가 75

제4부

꽃들은 말한다 79
꽃나비 81
동파 누설 82
숙련 84
선유도 86
전철을 탄다 88
제주 90
모슬포의 일박 91
이중섭 92
합격 94
창동 거리에 서다 96
일광욕 97
진눈깨비 98

해설 김영호 103
시인의 말 126

제1부

붉은 수숫대

붉은 수숫대가 서 있다
천만 원 이하 벌금이거나
2년 이하 징역의 경작 금지 팻말이
쓰러져 있는 둑방 길가

경작주는 잘 익은 놈들만 골라, 남몰래
모가지만 뎅강 잘라 갔다
온몸에 흘러내린 선명한 핏자국

이제 수숫대는
강남역 네거리 붉은 현수막 두른 철탑 위
붉은 조끼 입은 해고 노동자가 되어
차가운 바람 앞에 섰다

늦가을 찬 서리가 내리고
겨울 지나 봄이 올 때까지
이파리 껍데기 모두 칼바람에 날리고
하얀 몸통만 남아 비틀린 세상에 맞서며

부활

검붉은 녹으로 뒤덮인 고철을 열었다
경유와 시너를 발라 기름때 벗기고
망치와 스패너 산솟불로 달구며
조심스레 나사 풀어 부품들을 해체하고
묵은때 먼지 두껍게 녹슨 몸체는
샌드 블라스트, 모래를 날려 새 몸이 된다
긴 세월 삭아서 패인 가슴과 얼굴은
퍼디로 메워 예쁘게 화장을 하고
마모된 베어링과 손상된 부품을 바꾸어
모터와 콘트롤 패널을 붙여 기계를 돌린다
생명을 부여한다, 감히 신의 영역이다
청음봉으로 소음과 진동 맥박을 체크하고
다이얼게이지 붙여서 정밀도를 검사한다
사십 년 쓰다가 십 년은 처박혔던 고철 덩어리가
새 생명으로 부활하는 순간이다
앞으로 사십 년은 더 돌아갈 것이다
나도 이같이 뱃살도 빼고

물렁뼈 마모된 무릎 관절을 바꾸고
총기 떨어진 머리와
파워가 떨어진 심장과 물총도 바꾸고
바꾸고 또 바꾸어서

해결사

타이밍벨트를 잘라서
구두 뒷굽에 나사못으로 징을 박았다
오늘은 일 년 넘겨 질질 끌어 온 일들을
또각또각 구두징 소리 울리며
단호한 걸음걸이로 해결해야만 한다
쇠못에 닿은 아스팔트가
타일이 비명을 지른다
고무 대신 쇠 맛을 보는 날이다
손대고 싶지 않은 지저분한 일도 기필코
결단코 해결의 길을 찾아야 한다
구두징 소리 또각거리며
몇 달씩 미뤄 온 거래처를 방문하였다
나를 피하던 책임자와 두세 시간 눈을 맞췄다
서로에게 얽힌 실타래 같은 난제의 매듭들을
단칼로 잘라 버리고
어긋났던 감정의 나사도 풀어내고
억지로 웃으며 마무리 악수로
남겨진 일들과 어깨의 먼지를 털었다
구두징 덕분에 깐깐한 해결사가 되었다

살생

오늘 세 사람의 직원을 잘랐다
한 사람은 자식만 넷에 늙은 노모까지
일곱 식구의 힘겨운 가장이다
한동안 실업급여와 구직 활동
서러운 세상의 차가운 바람 속을 헤맬 것이다
회의실에서 잠시 고성이 오가고 나서
서로 마주 앉아 눈시울을 붉혔다
남아 있는 사람들도 모두 슬프다
미안하다고 정말 미안하다고
꽃샘추위에 눈발 날리는 화단의
철 이른 수선화들도 고개 떨군다

길이 보이지 않는다
다음엔 내 차례가 될 수도 있다
일감이 없어 문을 닫을 수도 있다
몇 달째 잠들지 못했다
성당에서 고해성사를 보고도
내 손에 피를 묻히는 꿈을 꾸었다
어느 중소기업의 인사 책임자는

과중한 스트레스로 저세상에 갔단다
정문을 지키는 복남이가 부러운 날이다

인부수첩28 사과문에 부쳐
—김해화 시인에게

나도 참말로 미안하다
하느님이 보우하사 피곤한 일요일마다
가기 싫은 성당 아내에게 등 떠밀려 가는 것도 미안하고
당신이 세상의 벽을 깨트리듯 망치질할 때에도
에어컨 빵빵한 사무실 컴퓨터 앞에 앉아서
머리를 쥐어뜯으며 며칠째 제안서와 견적서를 작성하고
힘도 권한도 별로 없이 책임만 막강한 관리자로
거래처에서 직원들 대신 욕만 몇 배로 얻어 먹으며
머리 빠개지도록 하루에 몇십 통씩 힘들여 통화를 하고
여름날 피서도 못 가고 해외여행은 당연히 못 가고
단골 거래처에서 긴급한 연락이 와서
일요일 꿀맛 같은 낮잠을 못 자서 미안하고
몇 년째 핑크빛 무드를 즐기기 못해서 정말 미안하다

세상엔 사람마다 살아야 할 몫이 따로 있는 법
월급 받을 땐 왜 이리 월급날이 기다려지고
월급 줄 때엔 거래처에 수금도 안 되고 통장엔 잔고도 없는데

다음 달 그다음 달 또 그다음 달까지 일감도 없어서
공장 문을 닫아야 할지 말아야 할지 앞길도 막막한데
월급날은 왜 이리 빨리 돌아오는지
이럴 땐 차라리 세상의 벽을 깨트리듯
망치질하는 당신이 부럽다
조선소 용접공으로 팔 톤 트럭 여섯 대의 용접봉을 태우며
힘들여 야간 대학을 나와 이쪽 세상을 엿보니
꼭대기 오 할을 뺀 이쪽 세상은
동화 속의 여우와 포도 같다
아무도 시다고 말하지 않을 뿐

견적서

그사람은너에게일을줄생각이없다.

너와는거래할생각도없다,

너를잊지않도록하는안부전화나명절인사문자를씹으며

아직도미련을못버린너를조롱할뿐이다,

그는절대로호구를놓치지않는다.

어느구름이비를가져다줄지모른다고

미련을버리지못해정리하지않으면당신에겐길이없다.

어느게똥이고된장인지를잘판단해야한다,

히죽거리며딴지를걸고한번걸판지게얻어먹을궁리나할뿐

어떻게든삼차까지접대받을생각뿐이다,

당신이가진모든경험과지식을뽑아정성을기울여

아이디어내고자료를만들어견적서뽑고도면을그려도

몇년째이등항상들러리일뿐당신에겐국물도뼈다귀도없다.

과속딱지떼면서무거운서류가방으로방문하고

힘들여브리핑해도저불쌍한놈또헛고생이네라는속마음뿐

그저열심히쫓아다니면호구될뿐이다.

당신앞에서착한얼굴로미소지어도그것은가면일뿐

절대로그사람은당신의우군이아니다.

거래처에서오랜만에지인을만나반갑게이야기하면
그는그정보를이용해뒤통수칠궁리뿐이다.
믿을놈하나없다고그러나한탄하지마라.
상대의수를읽고등을치고이용해야살아남는법.
인생은달콤하지도않고세상은원래씁쓸한것,
그게세상사너만몰랐을뿐이다.

구인 유감

워크넷을 검색하며 세상을 본다
단 한 사람을 구하기 위해 몇 주일씩
수백 명 이력서를 검색하면서
취직 간절한 사람들의 서툰 소개서를 읽는다
세상살이 이렇듯 어렵게 살아야 하는 것인지
구직자들의 과거와 뒷모습이 보인다
정말 취업이 간절한 사람들과
실업급여를 받기 위해 빈껍데기만 올려진 흔적들
칠십팔 세 가장의 힘겨운 삶의 무게까지
워크넷에는 수십만 명 실직자의 그림자 가득하다
열심히 사는 것으로만 세상일들은 해결되지 않는 법
우리나라 실업자가 삼백만을 넘었다는데
조선업 불황으로 수만 명이 실직하고 있다는데
삼십 년 넘게 엔지니어로 일하면서 가장 힘든 게
사람 내보내는 것과 사람 뽑는 일이다
이력서를 출력해 어렵게 통화를 하고 공들여 면접을 보고
나는 감히 무슨 자격으로 몇 사람의 인생을 흔들고

그들의 손을 감히 잡아당기는 것인가
나도 한때 그들처럼 구직 활동을 한 적이 있다
삼포 세대 가득한 탈북보다 취업이 더 어렵다는 나라에서
더 많은 사람들은 구직 유감이라 말할 것이다
오늘도 떨리는 손으로 검색을 한다

마취

여덟 시간의 수술 끝에
몽롱한 의식에서 깨어날 무렵
흰옷의 저승사자 둘이 나를 데리러 왔다
이제 갈 때가 되었다고
양팔을 잡아당긴다

아직 가고 싶지 않다고
아직 할 일이 많이 남았다고
공포와 오한으로 이빨 달달거리며
침대의 모서리를 잡고 버티는 동안
연이어 나의 등을 긋고 가는 바람의 칼날

머리가 찢어지는 통증과 함께
안개가 걷히자
주변의 사물들이 내게로 다가선다
수술이 끝난 환자들은
이동침대를 줄 세워 대기 중이다

깨어나지 못한 환자는 하얀 천을 덮고
가족들의 통곡 소리와 함께
영안실로 떠나가고

아내가 나를 데리러 왔다

스파크

이십 일 간격으로 뒷머리에서
지지직거리며 스파크가 터집니다
목에서 머리로 가는 혈관이 눌려
혈류 순환 문제로 산소 부족이라고
그래서 뒷목도 자주 뻑뻑한 거라고
의사는 아주 대수롭지 않게 이야기하네요
천정에 배고픈 쥐들이 모여 부스럭거리다
복잡하게 연결된 혈관 가운데서 팽창된
가장 부드러운 전선을 갉은 거예요
나는 뒷골 땡기면 온몸이 마비돼
몇 초간은 캄캄한 정전이 됩니다
한번은 운전 중에 스파크가 터져
저 하늘 위 무지개를 건널 뻔했어요
아내는 편두통을 달고 살아요
스트레스에 피로가 쌓이면 눈알이 빠질 듯
미가펜이나 마이그린을 먹고도
푸석한 얼굴로 며칠은 끙끙 앓아야 하지요

집순이가 된 지 몇 달이 되고야
편두통이 슬며시 흔적 없이 도망가고
나는 아직 집돌이가 될 수 없어
혈류 개선에 산소 공급한다는
게르마늄 목걸이를 걸었어요
개목걸이쯤이야 눈치를 줘도
얼마든지 걸 수 있지요
누구 좀 도와주세요

안개의 냄새

안개 짙은 새벽의 출근길
넓은 들판을 가로질러 달린다
꼬리꼬리한 냄새를 안방까지 풍겼던
어젯밤 요란한 뉴스에서도
무엇인지 아직도 하늘로 날려 보내지 못한
쿠릉쿠릉한 적폐와 비리의 냄새가 난다

들판 가운데 떼 지어 들어선
흉물 축사의 소 돼지똥 냄새인지
쥐와 닭의 세월을 지나 이제는
유치장에서 나는 쥐 닭똥 냄새인지
가족 단위로 갑질하는 조씨 일가의 냄새인지
공단 옆 하수처리장에 모여든 찌꺼기 냄새인지
냄새는 습한 저기압의 흉흉한 소문을 타고
급성 전염병이 되어 축축한 들판으로
온 세상으로 퍼져 나간다

열린 유리문을 닫고 내 차 엔진 소리도
신음 소리 쿠릉쿠릉 울리고
언제쯤에야 청소가 끝나서
푸르른 들판 어여쁜 꽃들로 가득한
향기로운 세상을 만날 수 있을까

돌풍

바람이 돌이 되어 날아든다
하늘로 달리는 서천공주고속도로
골짜기에 욕망의 기둥을 심고
산허리를 잘라낸 허공의 길

가랑잎들과
붉은 흙먼지를 휘둘러 회오리가 된다
회오리에 휘감긴 차들은
연이어 휘청거린다
나도 두 눈 부릅뜨고 핸들 단단히 잡고
벌렁거리는 심장으로 속도를 줄인다
가랑잎과 함께 회오리에 휘말려
하늘로 높이 날아오르거나
저 계곡 아래로 추락할 수도 있다
흙과 돌조각들이 유리창을 할퀴고 지나간다

덜덜거리며 서부여휴게소에 왔다

이제 바람이 잠시 숨을 멈추는 시간
사나운 구름들은 얼굴을 바꾸어 밀려가고
지나온 북쪽 길들은
흙먼지 속으로 아득하다

땅콩

텃밭에 땅콩을 심었다
까치나 멧비둘기가 탐내지 못하게
조심스레 빨간 농약으로 코팅을 하고
허리를 숙이고 씨앗도 눕혀서 묻었다

이제 새싹들은 푸르른 이파리를 펼치고
꽃봉오리가 씨방을 품어 꽃 피우면
키가 커진 넝쿨들은 겸손하게 허리 숙이고
긴 촉수 뻗어 씨방들을 흙속에 묻을 것이다

땅콩의 힘은 위대했다
겸손을 배우지 못한 딸들과 어미가
땅콩과 물컵과 화분까지 던지고 나서
아비는 열여덟 번의 압수수색으로
혼백까지 탈탈 털렸다

국민의 힘으로 해고되었다
그가 땅콩이 되어 땅속에 묻혔다

금강

금강이 다시 흐르고 있다
적폐들이 막아 썩어 가던 강물
물고기들 떼죽음당해도
가짜뉴스만 선동하던 자들
기자들의 취재로 진실이 알려지고
놈들이 주둥이를 닫자

드디어 보가 열리고 있다
물이 맑아지니 각시붕어가 내려오고
모래톱에 재첩과 수달이 돌아오고
꼬마 물떼새가 알을 품는다
물은 우리들 목숨 같은 것

닫혔던 강물이 흐르면
막혔던 생명들이 살아나고
백제와 동학의 꿈들이 일어서고
금강에서 금강산까지
우리들 통일의 꿈도 돌아오리라

제2부

콩 고르기

쟁반에 콩을 굴려 콩 고른다
벌레 먹어 하얀 속살 드러내거나
찌그러진 콩과 납작한 콩 썩은 콩까지
구르지 않는 것들은 모두 버린다

밭을 갈아 콩를 심어 윗순 잘라 주고
늦서리 내린 뒤에야 낫으로 베어
토방과 마루에서 보름을 말렸다
마당에 어머님 쓰시던 그물망 깔고
도리깨 휘둘러 타작을 했다

겨울이 시작되면 아버지는 콩 고르기를 하셨다
서리태와 메주콩과 작은 콩나물콩까지
겨울 깊어져도 네모난 쟁반을 놓지 못했다
썩은 콩 한 개에 밥 한 그릇이 버려지고
썩은 조개 한 개에 한 솥 국을 버릴 수 있단다

세상으로 버려진 콩들을 본다
구르지 않는다고 왜 모두 썩은 콩이겠느냐
나도 한때는 고단한 노동에 찌그러진 콩이었으며
지금도 잘 구르지 않는 콩이나니

삶

마당 눈 치우고 서리태 털었던 밤
내 녹초의 깊은 잠 속으로 무단 침입한
카아욱 카악 카아욱
달도 없는 차가운 어둠 속 칼날이 되어
삶의 울음소리 허공의 살점을 베어낸다

날마다 암탉 한 마리씩을 물고 가도
수탉들은 구석으로 구석으로 머리를 처박고
컹컹거리던 진돗개들도 납작 엎드려 숨죽인 채로
마을은 모두 캄캄한 침묵 속이다
산 위에서 마을 닭장 앞에서 서로 교신하며
밤새워 내 꿈과 칼잠을 난도질한 녀석들

내가 헝클어진 잠결 차가운 칼바람을 붙들고
광선검을 휘둘러 놈들과 대적하는 동안
싸나배기 요키도 호랑이 아내도 잠을 설쳤다
새벽이 되어서야 놈들과의 대치가 끝났다
이놈의 삶. 카아욱

호박의 진실

호박꽃이 피고
호박 열매가 자라기 시작할 때
파리도 벌도 아닌 놈들이
부드러운 과육에 주사침을 찔러
자기의 알을 심는다
농부는 까맣게 모르고 호박을 키운다
애호박을 자르거나
늙은 호박의 배를 가를 때에야 비로소
구더기의 진실을 마주한다

세상일에도 구더기들 가득하다
내 욕심으로 주사침을 찔러 넣는 게
새삼스러울 일 없다고
당연한 거라고 말하지 말라
어떤 호박이 진실된 놈인지
겉만 보고 알 수 없다는 것이
세상의 열매들이 배를 갈라야
비로소 진실을 알 수 있다는 것이

살충

고춧대 가지마다 노린재 가득하다
연약한 가지마다 침을 박고
놈들은 단체로 줄지어 흡혈 중이다
장갑 낀 손으로 잡아도 잡아도 끝없다

붉은 자리공을 삶았다
뿌리와 줄기 이파리 붉은 열매까지
모두 가마솥에 넣고 불을 지폈다
장노 장녹이라고 자신을 보호하려
네가 가진 독은 풀어내어 내가 쓰겠다
고춧대를 덮은 노린재와
미국선녀벌레 톡톡이까지
저세상으로 보내 주겠다

분무기로 독을 뿌렸다
노린재들은 도망갈 뿐 죽은 흔적이 없다
죽는 데 이삼일 걸린단다

살충보다 기피제 효과인지
친환경농법의 길은 참으로
멀고도 먼 길이다

약점

텃밭에 고추와 토마토를 심었다
어린 모종일 때부터 그들은
진딧물에 약한 점이 있다
검정 개미들 어디선가 진딧물 물고 와
어느새 잎새마다 진딧물이 그득
어린순이 체액을 빨려 시들어 간다

진딧물의 약점은 피부다
햇빛이 쨍쨍 아주 좋은 날을 골라서
스프레이로 설탕물을 뿌렸다
개미들은 속도 모르고
좋아라 달콤한 설탕물을 빨아 대지만
진딧물의 피부에 설탕물이 굳으며
배와 등의 피부가 갈라져 터진다
약점을 잡아 콕 찌른 거다

세상 누구에게나 약점이 있다
서로 좋은 날은 미소의 가면을 쓰고

힘들면 등 돌려 칼을 물고
빈틈으로 갑자기 달려드는 세상사
약점을 꼭 찌르는 일들이 뜨겁다

생존

한 평도 안 되는 연못에 연꽃 심었다
지나가던 참새들 몇 목을 축이고
모기들이 먼저 알을 낳았다
수천 마리 장구벌레가 그득하다

단골집에서 추어탕으로 배를 채우고
하루에 삼백 마리 먹어 치울 수 있다는
미꾸라지 다섯을 분양받았다
이틀 후 한 마리는 허연 배를 뒤집고
네 마리가 열흘 만에 장구벌레 소탕하였다

비상사태! 식량이 떨어졌다!
내가 가끔씩 금붕어 먹이를 뿌려 주지만
배고픈 녀석들은 날이 갈수록 전투적이다
물 위에 앉은 날파리나 모기들을
수면 위로 점프해 삼켜 버린다

비가 내려 연못이 넘치던 날
녀석들은 모두 탈출을 시도했다
시멘트 마당에서 두 녀석은 생포되고
실종된 두 녀석은 다음 날
개미들의 먹이가 되었다

나비 조심

나비들이
적일 때가 있다

여름이 끝날 무렵
마을 산책길에 만난 배추 모종은
모기장이 덮고 있다
배추흰나비는 그 위를 날고 있다

배추는 어린순일 때
나비들의 표적이 된다
방심하면 어느새 알을 낳아
날마다 나무젓가락을 들고
포기마다 몇 마리씩 애벌레를 잡아야 한다

나비들은 가장 연약한 새순에서
애벌레를 키우고 싶은 게다
추석이 지나고 찬바람이 불어

나비들이 땅에 떨어져야
배추벌레와의 싸움은 끝이 난다

나비 조심

착과

5년생 사과나무 두 그루가
심은 지 삼 년이 지나가도
열매는커녕 꽃도 없다

쓸데없이 시끄러운 이장의
확성기 소음 때문인지
머리 위로 밤새 켜진 가로등 때문인지

바쁘다는 한전 직원을 불러
가로등 타이머를 밤 열시로 맞추고 나서
내년에도 꽃이 안 피면 베어 버립시다
아내와 무심코 나눈 말을
사과나무가 들었나 보다

봄이 오자
하얀 사과꽃이 만발한다
반가운 마음에 웃거름도 주고

약도 치고 열매도 솎아 주고
추석 때 차례상에 올려야지

사과가 익어 가니 달콤한 냄새를 맡고
동네의 까치들 수십 마리가 모인다
올해에도
내 사과는 한 개도 없다

머위

봄이 오는 언덕 햇살 아래로
가장 먼저 돋아나는 새싹
머위나물의 쌉쌀한 맛을 보았다

텃밭에서 꽃밭까지
땅속에서 연결된 줄기를
연이어 지상으로 밀어 올리는
뽑아도 뽑아내어도 끈질긴 생명력

모내기가 시작될 무렵이면
머윗잎 대궁을 잘라 데쳐 껍질을 벗겨
살이 통통한 꽃게를 넣고 된장을 풀었던
엄마가 멍우라고 불렀던

오늘 응달진 산언덕까지
어여쁜 봄 처녀 늘씬한 다리 같은
하얀 잎 대궁 솟아오른다

앵두

앵두를 딴다
바깥 밭언덕에 야생으로 자라난 나무
낫과 예초기 칼날에도 용케 살아남아
올해 처음 빨간 앵두를 단다

젊은 날 앵두 따기에 골몰했던 때가 있었다
용마산공원에서 훔친 빨간 앵두
새콤한 입술의 그녀는 지금 어디에 살고 있을까

앵두는 지금도 빨갛다
그때 설렘으로 콩닥거렸던 심장처럼
속의 하얀 씨앗까지도 하트 모양이다

마산 산호동의 대추나무집 대문 앞
하늘을 가린 나무 아래서 처음 앵두를 딴
그녀와 이제는 눈을 흘기며 앵두를 딴다
앵두를 투명 포장 박스에 담으며
아내 몰래 추억 한 조각도 담는다

멧돼지 다녀가셨다

태풍 다나스가 온다는 금요일 저녁
오도이촌으로 서천 시골집에 왔는데
일찍 맛있는 종자를 구해 심은 고구마를
멧돼지가 네 고랑을 뒤집어 드시었다

캄캄한 빗속에 침입한 곳을 찾을 수 없어
억울한 생각 잠 못 이루는 밤의 비바람 속으로
나머지 두 고랑 모두 털어 먹었다

멧돼지에게 졌다
두 겹 그물을 치고 바닥에도 깔고
철벽 수비라 생각했는데 허를 찔렸다
나뭇가지와 낙엽이 쌓여 빈틈이 생긴 것이다

온 동네에 고구마순을 나누어
때 이른 고구마순 김치를 담갔다
고구마보다 순이 더 비싸다 해도
내년엔 고구마를 뺏기지 않겠다

고구마 횡재하다

몇 년째 식구들이 늘어
날이 갈수록 먹을거리 부족한데
이 동네엔 내 좋아하는 고구마나
땅콩이 없다, 잘 안 심는다

집집마다 유모차 끌고 다니는 할미들뿐
등 굽은 할미들은 텃밭 농사도 잘 안 하고
마당 화단에 상추나 오이뿐이다

울창한 신우대 숲에서 늘어지게 잠을 자고
산 아랫집 텃밭을 보니 고구마 넝쿨 풍성하다
지난봄 언덕 칡뿌리 캘 때 봐둔 곳이다
노루 그물 이중으로 방책도 좋아

빗속으로 한 바퀴 돌아보니 틈새가 있네
아래로 파면 이까짓 그물이 대수랴
라디오 소리 요란해도 주인 없는 거 다 안다

네 고랑을 파먹으니 배가 부르네
북북북 꿀꿀꿀 두 고랑은 내일 먹어야지

거지주머니병

앵두나무가 병이 걸렸다
올봄엔 꽃이 많이 피어
앵두 풍년을 기대했는데
열매 대신 기다란 주머니들이 달렸다

심지어 주머니 속에는 아무것도 없고
나뭇가지도 시름시름 시들어 간다
영양실조로 거지주머니병에 걸린 거란다

미안하구나
내가 너를 거지로 만들었구나
작년에 앵두를 많이 따고도
올해도 풍성한 열매만 기대했던
나까지 앵두거지가 되는구나

거지같은 병 얼씬도 못하게
내년엔 풍성한 퇴비를 발등에 덮어 주마
세상 모든 일들
거저 얻어지는 것은 아무것도 없구나

제3부

배꽃

배꽃이 하얗게 피었답니다
내 나이보다 한참 많은 배나무입니다
모르긴 해도 아흔 살은 넘었을 거예요
나 어릴 때 어여쁜 둘째 누나가
잠 못 이루어 칭얼거리던 나를 업고
서성거리던 마당귀에 서 있던 나무
그날도 하얀 달빛 속으로
배꽃 흐드러져 피어 있었지요
새앙쥐 바스락 소리에 놀라
누나의 목을 끌어안았지요
음력 칠월 모일 생일날엔
이제 막 단맛이 돌기 시작한
배 따러 올랐다가 나무에서 떨어져
머리를 다친 기억도 있지요
벌레가 많아 이제 배는 먹지 못해도
봄마다 하얀 꽃 만발하여
지금도 고향 집을 지키고 있지요
내 머리에도 배꽃이 피어
나랑 같이 늙어 가고 있지요

개축

백 년이 넘은 집을 털었다
내 어린 날 기억들 오롯이 살아 있는
고향 집, 판도라의 상자 열듯
겹겹이 봉인된 천정을 열었다

집은 서쪽 산으로 기울고
기둥들도 썩어 절반도 안 남은 채
대들보와 삭아 버린 서까래
앙상한 등뼈가 등골 서늘하게 내게로 온다

참샘골에서 낡은 집의 기둥과 뼈대를 가져다
백 년 전에 집을 지은 할아버지
이십오 년 전 입식으로 다시 고친 아버지
정성스런 손길의 흔적들
내 나이보다 백 살쯤 더 먹은 기둥과
등뼈들은 참으로 긴 세월들을 견디어 온 게다

여덟 개의 철기둥 세워 보를 연결하여
부러진 등뼈와 갈빗대 받치고 나서야
조심스레 썩은 기둥을 들어낸다
조부님의 초가지붕과 부모님의 양철지붕 위로
날렵한 청기와를 올린다

앞으로 백 년은 더 견뎌야 한다

모시를 키운다

묵정밭 귀퉁이로
어머님 키우시던 모시 순 솟아오른다

모시를 베어 껍질 벗겨 태모시 만들고
바깥마당 끝까지 모시 가닥 펼쳐 맷돌에 묶어
숯불로 왕겨 불 피워 솔뿌리 솔로 풀을 먹이던
모시 매던 날의 기억들

어머님은 한 달씩 골방의 베틀에서 모시를 짰다
쇠꼬리채 발로 당기고 실꾸리 북을 좌우로
연이어 고단하게 교차되던 씨줄과 날줄
단단한 결속으로 열리는 모시 한 필의 세상

열흘씩이나 친정 동네로 모시 팔러 나갔던
어머니 돌아올 무렵이면 며칠씩
신작로에 나가 기다리던 아버지

모시를 키운다
시원한 바람 속을 팔랑거리며
반짝이는 초록의 이파리들
어머님의 얼굴이다 숨결이다 바람이다

산 아랫집

집 뒤 산언덕에는 밤나무들이
무수히 많은 밤송이를 달고 서 있다

깃대 세우던 왕대나무들
뒷산 정상을 향하여 떼 지어 올라가고
신우대들 빽빽한 밀짚 대형으로
누나가 심은 황매화들과 어울려
집과 밭언덕 아래 울타리가 된다

내 영역을 침범한
칡넝쿨들과 대나무들 밀어내고
나의 아버지와 할아버지가 살았던
고향 집 다시 세운다

아래 큰댁 밭은 벌써 이십 년 넘게
돌보는 이 없이 칡넝쿨들의 세상이다
멀리 보이는 신작로 언덕도 마을도
칡넝쿨의 위협에 포위되어 있다
여기 산다는 것은 내 영역을 지키는 일

감이 떨어진다

몇 년째 감이 떨어지고 있다
내가 눈길을 주지 않았던 오래전부터
감꽃이 떨어진 늦여름까지
감나무는 끊임없이
자기의 열매를 땅으로 떨어뜨린다

누구는 질소과다라 하고
누구는 인산과 가리가 부족하다고 하고
누구는 장마철 배수 문제라 하고
누구는 생리적 낙과라고 하고
또 누구는 껍질 벗겨 생명을 위협하라 말한다

겨울에 발효된 퇴비 한 포를 발등에 덮어 주고
인산과 가리가 포함된 복합비료도 묻어 주고
이른 봄 약국에서 붕사 한 봉지를 사 물을 타서 주고
여름에는 무성한 도장지와 속가지 잘라 내지만

도무지 알 수가 없다
스스로 건강 상태에 맞추어 낙과를 조절한다는

감나무는 사람의 간섭으로 더욱더 복잡해졌다
열 살 감나무에서 아홉 개의 감을 건졌다
올가을엔 홍시 몇 개를 건질 수 있나

낙하

가을 깊으면
뒷산 언덕 키다리 밤나무에서
밤톨과 밤송이 들이 산 아래 밭으로
일제히 낙하를 시작한다
나는 밤송이들한테 불만이 많다
떨어지는 밤송이에 머리를 맞거나
풀을 뽑다가 두 겹 장갑을 끼고도
흙속에 숨어 있던 밤송이에 찔려
손이 가시투성이다
아버지와 할아버지가 그랬던 것처럼
늦가을이면 콩밭이나 채소밭에 숨어들었던
밤송이들을 긁어모아 소각하거나
신우대 언덕의 가시두릅나무 밑동에
버림용 거름으로 덮어 준다
가시가 뒤덮고 있어도 어느 틈에 왔는지
밤톨들은 밤벌레 천지다
누가 제발 저 밤송이들에게서

수천수만 년 진화의 매듭을 풀어

밤벌레 방패도 되지 않는 가시를 없애 다오!

너도밤나무 마로니에처럼 호두처럼

삼발이

귀촌 준비 중인 소장네 잡종견이
묶인 줄을 풀고 가출하여 새끼를 뱄다
다섯 마리 중 무녀리 하나 삵에게 물려
오른쪽 앞발 하나를 잃었다

네 마리는 지인들에게 나눠 주고
데려갈 사람이 없는 삼발이는
절룩이며 과수원을 지킨다

말썽쟁이 빠삐용 어미를 닮아
옆의 마을회관 계단에서
할머니들의 낡은 신발을 물고 가도
검둥이와 악바리는 묶여 있지만
삼발이는 늘 자유다

발 하나 잃고
자유를 얻었다

그리움을 아는 것인지
주인이 안 오면 가끔씩 하늘 향해
늑대처럼 하울링을 한다

양보

감나무에게 자리를 내어 주지 않는
백일홍의 가지를 잘랐다

감나무를 파서 옮겨 주려다
그러면 감나무가 죽을 수도 있고
뿌리가 다시 자리 잡는 데
이삼 년은 걸릴 거라서
사이좋게 햇빛도 나누라고
백일홍에게 가지 하나를 양보하라고
조심스레 양해를 구했다

내가 누리고 있는 이 자리도
행여 누군가에게 얼굴을 가리거나
시야를 햇빛을 가리거나
높이 올라갈 길을 막았다면
나도 얼른 옆으로 비켜야 한다
양보를 해야 한다
사이좋게 햇빛을 나눠야 한다

부여에서 버스를 탄다

부여에서 행사 마치고
서천 가는 버스에 오른다
옆자리 손님은 스물두 살
긴 속눈썹 초롱거리는 눈을 가진
꽃처럼 향기로운 나이의 천사

흔들거리며 버스는 가을 속으로 달리고
들판이나 산 아랫집들은 어스름 속에서
굴뚝 연기를 피워 올리다가
하나둘 별빛으로 초롱거리며
하늘을 향해 불빛들을 쏘아 올린다

옥산 다음 신안정류장에 내려
그녀의 마을 앞까지 바래다준다
내 딸의 나이인데 두근거림은 어쩌란 말인가
두 손을 흔들어 잘 가라 인사한다
어쩌면 저 하늘의 별처럼 먼 인연의 사람

밀물 그 그리움 속으로

서천의 바닷가 경운기들은 수레에
작은 배를 싣고 기다린다
소나무 그늘에 숨겨 놓은 녹슨 닻들과
붉고 푸른 소망의 깃발을 단 대나무 부표들과
마당에 펼쳐 놓은 그물망들이
어부들과 더불어 나른한 오수에 젖고 있다

멀리 보이는 갯벌 체험장으로
경운기에 실려온 한 무리의 사람들이 어울려
속살거리며 혹은 조잘거리며 조개를 캐고
농게들은 붉은 엄지발로 갯벌 위에 그림을
달랑게들은 달랑거리며 모래 경단을 만들고 있다

밀물 시간이 되면 바닷물 속에 펼쳐두었던
그물을 건지러 갯벌로 줄지어 달려 나가는 경운기들
배를 밀물 위로 밀어내고 통통거리던 어부들은
부표에 매달린 하루분의 삶을 건져낸다
밀물과 썰물의 물때표에 맞추어 살아가는
그립고 고단한 삶의 여정이다

마을버스

마을버스가 만원입니다
거의 모두가 읍내 병원에 가는 길이지요
그저 한의원 안마 침대에 누워서
굳어진 허리 좀 펴고
무릎 어깨 다리 허리 안 아픈 데가 없는
뼈마디에 침 좀 맞으려고요
이제 화단 귀퉁이 텃밭이나 겨우 일구던
농사도 끝나고 가을 김장도 끝나니
자식들 손주들 얼굴도 볼 수 없고
남는 건 느리게 느리게 가는 시간뿐이라
두세 군데 병원 쇼핑도 합니다
몇 군데 가 봐야 만원도 안 들어요
노인들만 남은 시골, 이제는
유모차 밀며 버스를 탈 수 있는 날도
얼마 남지 않았네요

매미

내 어릴 적 매미 소리는
여름방학의 하늘에 펼쳐진 달력이었다
풀매미와 쓰름매미가 울면
방학이 시작되었다는 신호다
대나무 끝에 버들가지를 둥글게 묶어
집 주변 거미줄을 말아서 만든 매미채 들고
동생과 함께 잠자리와 매미 따라
동네의 쭉나무들 순례 다녔다

참외와 수박의 달콤한 향기와 함께
신나는 여름방학이 순식간에 지나가고
투명 날개의 참매미가 쭉나무에서 맴맴맴 울면
평화로운 방학 전선에 비상이 걸린다
벌써 방학의 절반을 까먹어 버려
밀린 방학 숙제에 날씨만 적어둔 일기장 때문이다

미루나무와 플라타너스 꼭대기에서

말매미가 울면, 그건 방학이 끝나 간다는 소리이고
뒷산 솔숲에서 갈색 날개의 유지매미가 울면
이제 가방 챙겨 학교 갈 준비하라는 것이다

지금 시골집 쭉나무에서 맴맴 참매미가 운다
이제 일기와 방학 숙제는 안 해도 된다
무더운 여름날 정겨운 풍경들이 지나가고 있다

판교는 안녕하신가

열여섯에 떠났던 둥지를
육십이 넘어 다시 왔구나
오십 년 만에 돌아온 고향
판교는 아직 안녕하신가
판교역은 저 산으로 가 버리고
역전 자리는 식당들이 되고
우리들의 아버지와 우리들이 다녔던
국민학교는 요양병원이 되고
십리 길을 삼 년간 걸어 다녔던
중학교는 아직 남아 있구나
막걸리 만들던 동일주조장
중학교 교장 선생님 심부름 갔다가
금방 쪄서 펼쳐내 멍석에 김이 모락거리는
흰 돌 섞인 고두밥을 한 주먹 얻어먹던 추억과
장날이면 음메 음메 워낭 소리 울리던 소들이
수백 마리 시끌벅적 복작거렸던 판교 우시장
소 팔고 사는 사람들과 중개인들 장사진을 이루고

길가에 닭과 토끼 돼지와 염소 들이 모여 서고
한쪽에선 펄펄 끓는 국솥 걸고 국밥을 팔았지
일본식 이층 목조건물의 제비집 사진관에서
중학교 졸업 사진을 찍고
평생 처음으로 짜장면을 먹었던 동생춘과
교감 선생님 사모님이 하얀 가운의 천사로
약 냄새 하얗게 웃음 짓던 보건약국 지나
육촌 형님 둘이 계시던 판교이발관
화장실 지린내 속에서
금비 은비 흘러내리는 화면으로 보던
미남의 신영균과 언제나 악역의 허장강이 나오던
중학교 단체 관람의 판교극장
오 옛날이여
이제는 늙어 가는 친구들이여
판교는 아직 안녕하시다

제4부

꽃들은 말한다

잠든 아내의 얼굴을 본다
볼을 만지고 어깨를 쓸어 본다
겨우 붙들고 있는 잠을 놓치지 않으려고
아내는 잠결에 돌아눕는다
꽃을 만지면 연약한 꽃들은
이파리 헝클며 고개를 돌린다

내가 어려운 수술을 마치고
회복이 시작될 즈음
아내 혼자 며칠씩 잠들지 못해 응급실에서
생사의 경계선을 넘나든 적이 있다
불면증이 심하면 미쳐 버리거나
죽을 수도 있다는 것을 그때 알았다

어릴 적 꽃에 앉은 나비를 만지면
두 손가락에 선명한 흔적 남긴 채 푸들거리며
푸른 하늘 포물선을 그리며 날아갔던 노랑나비
꽃가루들은 나비 날개의 분말과 함께

햇빛 속으로 반짝거리며 피어올랐다

꽃들은 말한다
연약한 꽃들과 나비들은
꺾지도 말고 만지지도 말아야 한다고
그냥 바라보고
햇살처럼 바람처럼 느끼는 거라고

꽃나비

손님 접대 자리에서 만난
그녀의 직업은 꽃이다. 아니 나비다

발렌타인 18년산의 향기로운 분위기에
자스민의 꽃향기를 더해서
어려운 거래를 얻어야 하는 시간

스물여섯 두 배도 넘은 나이 차이로
감히 넘볼 수 없던 경계를 잠시 허물고
내게로 온 꽃내음

입고 있는 옷의 브랜드로
손님의 레벨을 척척 감지하는
그녀는 이 방면의 선수다

내 와이셔츠에 빨간 입술 자국 남기고도
나탈리의 미소를 가진 그녀는
잠시 스쳐 가는 바람
가질 수 없는 꽃향기일 뿐

동파 누설

자동펌프가 운다
이십 초 간격으로 윙윙거린다
지난겨울은 무척 추웠다
전 세계를 휩쓴 한파와 미투 운동 때문이다.
지난주엔 얼어 터진 펌프의 패킹과
갈라진 부품을 바꾸었다
수십 년 숨겨졌던 여인들의 상처가
지뢰처럼 도처에서 연이어 폭발하고 있다
방심한 욕망으로 누설되었던
수많은 수컷들이 심판대에 세워진다

펌프가 우는 건 땅속 배관이 터진 거다
사랑채와 마당의 수도꼭지로 나간 배관을
깊이 묻지 않은 건 공사 감독 못 한 내 탓
세 번씩이나 부속을 사러 가게를 왕복하고
임시로 볼밸브를 단다
밸브를 잠그니 펌프의 울음이 그친다

손을 다쳤다 너무 서두르다
조심하지 않은 탓이다
세상의 지뢰가 모두 폭발한 뒤에도
잘못된 것들은 고쳐져야 한다
땅을 파고 새 배관은 깊이 묻어야 한다

숙련

아내가 음악을 듣는다
오백 번째 듣는 월량대표아적심이다
드디어 하모니카를 분다
낮에는 등소평 밤에는 등려군이었다는
삼십 년 전 노래가 유령이 되어 세상을 떠돌다
하얀 꽃잎이 되어 아내의 머리 위에 앉았다
집순이가 된 지 일 년이 넘어도
아름다운 멜로디는 멀고도 먼 길이다
달빛만이 내 마음을 알아 주네요!
등려군도 홍진영도 그랬을 것이다
옆에서 과정을 지켜 보는 것이나
귀에 못이 박이는 것까지 모두 아프다

세상 일들이 이렇듯 숫돌 위에서
며칠씩 몇 년씩 수천 번 칼날을 갈듯
연마와 정진의 길이거늘
도서관에서 몇 년씩 책을 파고도

아직 살길을 찾지 못한
서글픈 청춘들이 세상에 넘쳐나는데
그들에게 우리는 뭐라고 말할 수 있을까

아내의 하모니카 소리를 듣는다
구슬이도 두 귀를 쫑긋 세운다
드디어 박혔던 못이 빠져나간다

선유도

물안개 밀려오는
명사십리 해변을 지나
밧줄을 잡고
단단한 바위 망주봉에 오른다
석간수 흐르는 바위틈에 뿌리를 내린
노간주나무 뿌리거나
동백의 매끄러운 몸통이거나
손때 묻은 소나무 뿌리까지 손을 내밀어
앞뒤의 정겨운 벗들과 함께
힘겨운 길의 동지가 된다

이 한 덩이의 거대한 바위가
백 미터 높이로 우뚝 서서
수십억 년 선유도를 지킨다
신선이 노닐던 곳 선유도에서
섬으로 유배된 선비는 그렇게
한양의 임금을 그리워했어도

이렇게 아름다운 풍광의 유배는
축복이었으리라
나 감히 망주봉에 올라
지나온 해변과 장자도
무녀도 거쳐 신시도 방축도까지 휘둘러
휘둘러서
한 줄기 바람이 된다

전철을 탄다

전철을 타면
기다림의 시간은 아득히 멀어진다
숨 가삐 돌아가던 나의 일상도
잠시 흐름을 멈추고
열차의 흔들림 속으로 흔들거린다

사람들은 혼자만의 이어폰을 끼고
창밖을 무심히 바라보거나
전철과 같이 흔들리면서
누군가에게 열심히 문자를 보내거나
잠시 터널을 지나는 동안에도
카톡에 빠져 있다

같은 시간과 공간 속에서
같은 방향을 가면서도
서로에게 눈감고 다른 길로 향한다
그저 스쳐 지나가는 바람으로

모두 타인으로 오고 가는 사람들

전철을 타면
시간의 흔들림 속으로
아득한 기억 속으로
흘러가는 세월은 아득히 멀어진다

제주

비행기에서 내린 사람들이
여행 가방을 끌고 줄지어 버스에 타고
하하 호호 히히 번호판의 렌트카를 빌려
용두암부터 성산일출봉까지
반시계 방향으로 섬의 일주를 시작한다
애월 한경 풍차마을 지나
모슬포항에서 한적한 일박
이중섭과 추사의 흔적들을 보고
서귀포에서 정다운 사람을 만나
흑돼지 삼겹살과 성게 미역국을 먹으며
정겨운 눈빛을 나누면
겨울에도 유자나무는 황색의 열매
늘 푸른 먼나무는 붉은 열매를 매달고
키 큰 소철나무들 줄지어 서서
푸르른 하늘로 머리채를 펼친다

모슬포의 일박

노을이 오는 들판의 끝
갑자기 일몰이 시작되었다
숙소 예약 없이 떠나온 제주도
그 많던 모텔들과 호텔들의 간판 불이
어느새 들판에서 모두 사라졌다
어둑해진 길들 가로수와 해변
거대한 풍차의 그림자들이 스쳐 지나가고
캄캄해진 들판을 지나 지친 몸으로
한참 만에 모슬포에 왔다
낯선 항구에서의 따뜻하고 포근했던 밤

새벽에 뱃고동 소리와 함께
방어잡이 배들 마라도로 떠나고 나서야
모슬포의 아침이 밝았다
출어를 위해 얼음을 싣는 원양어선들과
집어등을 배 위로 가득히 달고
아직도 늦잠에 빠져 있는 어선들
오래전 기억처럼 정겹고 포근한 항구
모슬포는 나에게 그렇게 왔다

이중섭

제주도 초가집의 한쪽 귀퉁이
한 평 반 옹색한 작은 방에
아빠 엄마 아들 둘 네 식구가 펼쳐져 있다

종이를 살 수 없어 남들이 버린
담배 은박지를 주워 못으로 긁은 그림
그의 그림을 보면 눈물이 난다

마산 추산동 두 평 반 비좁은 방에서
아내는 떠나고 뒤틀려 불편한 몸으로
두 아들과 살던 이선관 시인의 방 벽에도
이중섭의 아이들 그림과 황소가 걸려 있었다

이제 세월이 흘러 이중섭의 초가집은 유적이 되고
집 옆 언덕에 큼직한 미술관이 들어서고
식식거리며 콧김 불불거리는 황소가 벽에 걸려 있다

이웃들이 살던 집터는 정원과 산책로가 되고
노목이 된 마당의 유자나무엔
유자 열매가 황소의 얼굴로 불불댄다

합격

아내와 처음으로 여행 가방을 끌고
청주에서 제주행 비행기를 타고
서로 투닥거리며 다니던 여행길

김대건안드레아기념관을 들러
아내는 기원기도를 하고
나는 주변 풍광을 보고 나올 때
대건안드레아 아들에게서 소식이 왔다

순간 차 안에서
아내와 나의 몸이 허공으로 떠오르고
무겁게 떠났던 여행이
갑자기 행복 풍경으로 바뀐다
한경에서 성산 일출봉까지 발이 둥둥거린다

아내는 돌아와 시를 썼다
식당 개 삼 년이면 라면을 끓인다더니

시인과 삼십 년 살다 마침내 시를 쓴 것이다
게다가 처음 쓴 시 두 편이 걸작이다

아들은 합격을 하고
아내는 시를 쓰고
나는야 야호 하늘을 난다

창동 거리에 서다

정겹던 마산
내 청춘이 흘러갔던 곳
스무 살 청춘을 불태웠던 그 거리를
강산이 세 번 바뀐
오십대가 넘어 창동 거리에 선다
오동동 남성파출소를 지나 황금당 골목
기억의 흔적 찾아
삼십 년 세월에도 아직 남아 있는
낯익은 가게의 간판들
이성당 백제필방 가배다방 학문당서점
군데군데 폐업 정리와
임대 광고지가 붙은 거리 옆으로
하수구 냄새와 파전 냄새 어울려
정겹던 부림시장 안으로
이선관 시인과 자주 갔었던
막걸리와 지짐이 푸짐한 고모령
정들었던 사람들 세월과 함께 떠나고
추억 속의 창동 허새비 되어
나 홀로 청춘의 거리에 선다

일광욕

점심시간 산책길
농로에 나온 기다란 물뱀 한 마리
햇볕을 쬐고 있다

스스로 체온 조절 못 하는 그들은
일교차가 심한 가을엔 수시로
포장도로를 막고 해바라기 시위를 벌인다

저리 가거라 이놈, 흙덩이를 차도
옆으로 비킬 뿐 도망가지 못한다

날름거리는 간사한 혓바닥으로
이브를 유혹한 죄보다
온몸에 소름 돋아 놀라게 한 죄가 크다

보이는 대로 모두 막대기나
짱돌로 처단했었던 어린 시절

이제 너를 죽일 생각은 없다
비켜랏 비얌

진눈깨비

적설량을 기록하지 못한 눈은
첫눈이 아니다 기상청 관측자나
잠 못 이룬 사람들 눈에
잠시 보였다 해도
우린 아침에 하얗게 눈 내린 벌판이나
함박눈 펑펑 내리는 거리를
가슴 따뜻한 사람과 손잡고 걸으며
잠시 어린 시절의 기억을 불러내
뽀드득 뽀드득 발자국 찍으며
눈을 밟아 보고 만져 보고 맛도 보고
눈을 맞으며 눈싸움을 하거나
눈과 눈을 맞추고 시린 손 호호 불면서
눈사람의 눈썹도 붙여 보고 싶은 거다
그러니 비와 섞여 잠시 흩날리는 그것을
아침 햇살에 금세 사라져 버리는 그것을
감히 첫사랑이라 부르지 마라
속마음만 태우며 차마 고백도 못 하고

손도 잡아 보지 못하고

첫 키스도 못 해 본 짝사랑

그것은 첫눈도 아니고

첫사랑도 아닌 그저 허깨비일 뿐이려니

해설 · 시인의 말

해설

흙의 마음과 뿌리내리기

김영호(문학평론가)

1. 귀향과 뿌리내리기

아직 백신과 치료제가 개발되지 않은 새로운 전염병 코로나19가 전 세계로 크게 유행하면서 과거와는 다른 새로운 삶의 행태가 필요하다는 인식이 조심스레 대두하고 있다. 코로나19 이전에 누리던 평범한 일상으로의 복귀가 쉽지 않은 상황에서 첨단기술 문명 시대를 구가하던 인류의 자부심은 크게 위축되었다. 박테리아보다도 작고, 생물과 무생물의 경계에 있는 병원체 바이러스는 살아 있는 세포 안에서 기생하며 증식한다. 이렇게 작고 보잘것없는 바이러스에 우리의 일상이 무력하게 무너지는 일을 겪으며 만물의 영장이라는 그간의 자부심이 얼마나 큰 오만이었나를 되돌아보게 되었다. 이렇게 생명의 위협을 느끼면서 이제는 번잡한 도시 생활에서 벗어나는 한적하고 쾌적한 전원 생활이나 귀촌이 주목받고 있다.

정완희 시인은 코로나 사태 이전부터 일터인 아산과 고향 서천을 오가며 귀향을 준비해 왔다. 코로나 사태를 예견했다기보다는 현장에서 은퇴할 나이가 가까워지고, 고향에 돌아가 자신의 영역과 건강을 지키는 나름의 생태적인 생활을 꿈꾸었기 때문이다. 전면적인 주5일제 시행에 맞추어 5일은 도시에서 일하고 주말과 주일은 고향인 시골에서 지내는, 이른바 오도이촌(五都二村)의 생활로 얻은 다양한 체험과 깊은 성찰의 결실이 바로 세 번째 시집 『붉은 수숫대』이다. 어린 날의 기억이 오롯이 살아 있는 고향을 지키며 흙의 마음을 키우겠다는 소박하고 낭만적인 생각도 있었겠지만, 그가 자동화 기계 엔지니어이자 중소기업의 관리자로 겪어야 하는 극심한 압박감과 이에 따른 건강의 심각한 손상으로 죽음 직전까지 갔기에, 어머니 대지에서 몸을 추스르겠다는 현실적인 이유도 컸음을 시를 통해 짐작할 수 있다.

여덟 시간의 수술 끝에
몽롱한 의식에서 깨어날 무렵
흰옷의 저승사자 둘이 나를 데리러 왔다
이제 갈 때가 되었다고
양팔을 잡아당긴다

아직 가고 싶지 않다고
아직 할 일이 많이 남았다고
공포와 오한으로 이빨 달달거리며

침대의 모서리를 잡고 버티는 동안
연이어 나의 등을 긋고 가는 바람의 칼날

—「마취」 부분

그는 중소기업 관리자로서 직원 채용과 월급 지급, 공장 유지에 필요한 일감 수주, 그리고 경영난으로 인한 인원 감축의 고통 등으로 '이십 일 간격으로 뒷머리에서/지지직거리며 스파크가' 터지고, '뒷골 땡기면 온몸이 마비돼/몇 초간은 캄캄한 정전이' 되는(「스파크」) 혈류순환 장애로 심각한 위험 속에 살아간다. 반면에 극심한 편두통에 시달리던 아내는 일을 그만두고 집에서 쉬면서 편두통이 사라진다. 아직은 일을 그만둘 수 없는 상황인 그는 고향 집을 다시 세우고 그곳에서 사는 것이 바로 자신과 자신의 영역을 지키는 것임을 실감하게 된다.

집 뒤 산언덕에는 밤나무들이
무수히 많은 밤송이를 달고 서 있다

깃대 세우던 왕대나무들
뒷산 정상을 향하여 떼 지어 올라가고
신우대들 빽빽한 밀집 대형으로
누나가 심은 황매화들과 어울려
집과 밭언덕 아래 울타리가 된다

내 영역을 침범한
칡넝쿨들과 대나무들 밀어내고
나의 아버지와 할아버지가 살았던
고향 집 다시 세운다

아래 큰댁 밭은 벌써 이십 년 넘게
돌보는 이 없이 칡넝쿨들의 세상이다
멀리 보이는 신작로 언덕도 마을도
칡넝쿨의 위협에 포위되어 있다
여기 산다는 것은 내 영역을 지키는 일

—「산 아랫집」 전문

산 아래에 자리한 고향 집 주변의 칡넝쿨과 대나무들을 제거하고, 백 년 넘게 견디다 부러진 대들보와 삭아 버린 서까래 그리고 썩은 기둥들을 다 들어내고 새롭게 고친(「개축」) 집에서의 생활은, 삵이 암탉을 물어 가고 멧돼지가 텃밭의 고구마 고랑을 다 뒤집으며 각종 병충해로 농작물이 제대로 자라지 못하는 등 어려움이 많다. 마치 모종을 옮겨 심은 뒤 제대로 뿌리를 내리고 줄기를 곧추세울 때까지 한동안 몸살을 앓아야 비로소 '살음'을 하듯이, 그의 고향 뿌리 내리기는 쉽지 않다. 하지만 그가 여러 어려움에도 낙담하지 않고 씩씩하게 이겨내며 나름 해결책을 찾아가는 모습을 확인하면, 고향 뿌리내리기는 성공할 것으로 보인다. 각종 병충해에 천적이나 천연 농약을 이용해 대처하는 것(장구벌레에 미꾸라지를, 노린재에 붉은 자리공 삶은 물을, 진딧물에 설탕물을)을 그의 시에서 확인할 수 있기 때문이다. 그리고 무엇보다도 타지의 고교에 진학하며 열여섯에 떠난 이후 50년 만에 60대가 되어 돌아온 그의 고향 서천 판교에 대한 변함없는 애정은 그가 이제 든든한 고향 지킴이가 될 것을 기대하게 한다.

일본식 이층 목조건물의 제비집 사진관에서
중학교 졸업 사진을 찍고
평생 처음으로 짜장면을 먹었던 동생춘과
교감 선생님 사모님이 하얀 가운의 천사로
약 냄새 하얗게 웃음 짓던 보건약국 지나
육촌 형님 둘이 계시던 판교이발관
화장실 지린내 속에서
금비 은비 흘러내리는 화면으로 보던
미남의 신영균과 언제나 악역의 허장강이 나오던
중학교 단체 관람의 판교극장
오 옛날이여
이제는 늙어 가는 친구들이여
판교는 아직 안녕하시다

—「판교는 안녕하신가」 부분

2. 기계론적 사고와 유기체적 사고

그가 타지의 고교로 진학하면서부터 대학을 마치고 또 취업하고 자동화 기계 엔지니어로 생업을 이으며 거의 50년을 기계와 더불어 살아오다 보니, 엄격한 인과율과 역학 운동이 적용되는 정밀기계처럼 세상을 바라보는 기계론적 세계관을 자연스레 가지게 되었음을 그의 시에서 불현듯 확인할 수 있다. 기계론적 세계관 형성에 결정적 역할을 한 철학자는 바로 데카르트인데, 그는 모든 존재를 역학적 운동법칙의 지배를 받는 정밀기계 부품으로 파악했다. 데카르트는 우주는 정밀한 시계와 같으며 인간도 여러 부분이 모여 전체를 이루는 기계장치에 불과하다고 여겼다. 기계론적 세계관의 핵심은 자연의 변화를 기계적 인과관계로 파악할 수 있다고 생각해, 자연을 물질적 재료로만 여긴다는 점이다. 이런 사고방식은 오늘날까지 거의 모든 분야에 영향을 미쳐, 지금도 우리의 사고를 지배하고 있다. 정완희 시인도 낡은 고철 덩어리의 부품을 교체하고 새롭게 모터를 달아 재생하는 자신의 능력을 '감히 신의 영역'이라고 감탄한다. 그러다 보니 곧바로 자기 몸의 퇴화한 부분을 바꾸어 새로운 부활을 꿈꿔 본다. 그의 시 「부활」은 시인의 기술주의적 사고를 가장 잘 보여 준다.

검붉은 녹으로 뒤덮인 고철을 열었다

경유와 시너를 발라 기름때 벗기고
망치와 스패너 산솟불로 달구며
조심스레 나사 풀어 부품들을 해체하고
묵은때 먼지 두껍게 녹슨 몸체는
샌드 블라스트. 모래를 날려 새 몸이 된다
긴 세월 삭아서 패인 가슴과 얼굴은
퍼디로 메워 예쁘게 화장을 하고
마모된 베어링과 손상된 부품을 바꾸어
모터와 콘트롤 패널을 붙여 기계를 돌린다
생명을 부여한다, 감히 신의 영역이다
청음봉으로 소음과 진동 맥박을 체크하고
다이얼게이지 붙여서 정밀도를 검사한다
사십 년 쓰다가 십 년은 처박혔던 고철 덩어리가
새 생명으로 부활하는 순간이다
앞으로 사십 년은 더 돌아갈 것이다
나도 이같이 뱃살도 빼고
물렁뼈 마모된 무릎 관절을 바꾸고
총기 떨어진 머리와
파워가 떨어진 심장과 물총도 바꾸고
바꾸고 또 바꾸어서

—「부활」 전문

이렇게 새 생명으로 부활시킨 기계의 수명을 '앞으로 사십 년은 더 돌아갈 것'이라고 예측하면서도, 막상 화자 자신의 신체 부위 교체로 인한 기대 수명 예측은 유보적이다. 물론 고철을 열고, 때를 벗기고, 부품들을 해체하고, 모래를 날리고, 화장하고, 부품을 바꾸고, 패널을 붙이고, 기계를 돌려, 새 생명을 부여하는 주체는 화자인 '나'이자 엔지니어인 시인 자신이다. 그러나 자기 몸의 여러 부분을 바꾸려 결심하고 뱃살을 빼는 정도는 본인의 영역이지만, 정작 신체 부위를 바꾸는 주체는 고도의 현대 의학기술과 의료진에 전적으로 의존해야 할 부분이고 또한 엄청난 비용이 드는 일이다 보니, 그저 가능성의 영역으로 남길 수밖에 없는 것이다. 고철 덩어리의 기대 수명을 적용한다면 화자도 앞으로 60년을 거뜬히 더 살 수 있겠다고 여길 수 있다. 하지만 장담할 수 없는 것은, 기계와 달리 새로 바꾼 신체 부위들이 몸 전체에 잘 적응해, 부분과 전체의 상호작용 시스템으로 원만하게 작동할 것인가 하는 점이다.

기계론적 세계관의 한계는 전체를 부분으로 나누어 각 부분의 메커니즘을 이해하면 전체도 이해할 수 있다고 믿는 환원주의에 있다. 하지만 기계와 달리 모든 생명체는 부분의 산술적 합이 전체를 이루는 그런 시스템이 아니다. 생명체를 이루는 부분들은 각기 자율성을 가지면서도 서로 긴밀하게 연결되어 하나의 통일된 전체를 이루는 유기체적 구조이다. 특히 생태학에서는 인간뿐만 아니라 자연계에 존재하는 모든 것들이 유기적 연관성을 가지며 균형과 조화를 이루는 시스템 속에 있다고 본다. 기계론적 자연관이 자연에 대한 과학적 이해를 가능하게 하고 자연의 이용을 증대시켜 문명의 발달을 가져왔지만, 자연 파괴와 환경 파괴로 이어져 인간의 생존까지 위협하면서 유기체적 자연관의 필요성이 강조되고 있다.

사실 요즘 전 세계가 겪는 코로나19 사태도 동물과 인간 간 공통 전염병이 늘어나면서 발생한 일로 추정하고 있다. 그 배경에는 인간의 무분별한 환경 파괴로 인한 자연재해의 빈발로 동물의 서식지가 파괴되면서 야생동물들이 인간 사회로 접근하는 일이 빈번해지면서 벌어진 측면이 크다. 결국, 인간이 자초한 셈이다. 이를 계기로 인간을 제외한 자연의 인과율로만 자연의 변화를 이해할 수 없게 되었다. 따라서 인간중심주의에서 벗어나 인간과 자연, 나아가 인간과 만물이 모두 하나로 긴밀하게 연결되었다는 유기체적 패러다임을 가져야 한다. 자연계의 신비한 의미와 힘을 이해하고 환경과 조화를 꾀하며 자연의 섭리에 맞추어 삶의 균형을 이루는, 유기적 문화의 관점을 가져야 한다. 기존의 기계적 접근만으로는 진정한 평화와 행복 그리고 건강을 누릴 수 없다. 우리 삶과 세계의 신비를 받아들이고 자연에 대한 근원적인 외경심과 겸허함을 가져야 한다. 만유는 결국 한 뿌리에서 나온 형제임을 깊이 자각할 필요가 있다. 이런 자각이 이번 사태를 통해 우리가 배우고 또 스스로 변화해야 할 교훈이라 할 수 있다. 시인은 기계론적 사고에 익숙한 엔지니어이면서도 흙에 뿌리를 내리려 노력하면서 자신의 고구마 농사를 완전히 망쳐 버린 멧돼지를 멧돼지의 시각에서 바라보면서 마음의 평온을 되찾는다. 그간 체질화된 기술주의적 관점을 넘어 흙에 뿌리를 둔 다른 생명체를 순순히 받아들이게 된 것이다.

몇 년째 식구들이 늘어
날이 갈수록 먹을거리 부족한데
이 동네엔 내 좋아하는 고구마나
땅콩이 없다, 잘 안 심는다

집집마다 유모차 끌고 다니는 할미들뿐
등 굽은 할미들은 텃밭 농사도 잘 안 하고
마당 화단에 상추나 오이뿐이다

울창한 신우대 숲에서 늘어지게 잠을 자고
산 아랫집 텃밭을 보니 고구마 넝쿨 풍성하다
지난봄 언덕 칡뿌리 캘 때 봐둔 곳이다
노루 그물 이중으로 방책도 좋아

빗속으로 한 바퀴 돌아보니 틈새가 있네
아래로 파면 이까짓 그물이 대수랴
라디오 소리 요란해도 주인 없는 거 다 안다

네 고랑을 파먹으니 배가 부르네
북북북 꿀꿀꿀 두 고랑은 내일 먹어야지

—「고구마 횡재하다」 전문

시인의 기술주의적 관점은 그가 공업고등학교를 나와 기계공학과로 대학을 졸업하고 또 자동화 기계 엔지니어로 쭉 생활하면서 내면화한 것이다. 그가 서천 판교에서 생활하던 어린 시절만 하더라도 우리나라의 산업화가 본격화되기 전으로, 만물의 시초인 봄, 만물이 자라는 여름, 만물이 여무는 가을, 만물을 거두는 겨울이라는 천지자연 불변의 도리(道理)인 원형이정(元亨利貞)에 순응하는 삶이었다. 그야말로 자연과 인간의 삶이 하나로 평화롭게 순환하는 그런 시절이었다. 어린 시인도 여름철 시간의 흐름에 맞춰 등장하는 매미의 종류가 달라지며 그 울음소리 또한 달라지는 것을 기가 막히게 구분하며 여름방학의 시작과 끝을 적절하게 대응할 줄 알았다. 어른이 된 지금은 자연을 생명 없는 물질적 재료로만 간주하면서 그런 민감한 분별력을 잊고 지냈음을, 무더운 여름날 고향 집에서 정겹게 떠올린다. 이렇게 자연에 순응하는 감수성을 회복하면서, 멧돼지 때문에 고구마 농사는 짓지 않겠다는 기계적 반응에서 벗어나 멧돼지의 시각을 받아들인 것이다. 「매미」는 시인의 유기체적 인식의 회복을 아주 맛깔나게 보여 준다.

내 어릴 적 매미 소리는
여름방학의 하늘에 펼쳐진 달력이었다
풀매미와 쓰릅매미가 울면
방학이 시작되었다는 신호이다
대나무 끝에 버들가지를 둥글게 묶어
집 주변 거미줄을 말아서 만든 매미채 들고
동생과 함께 잠자리와 매미 따라
동네의 쭉나무들 순례 다녔다

참외와 수박의 달콤한 향기와 함께
신나는 여름방학이 순식간에 지나가고
투명 날개의 참매미가 쭉나무에서 맴맴맴 울면
평화로운 방학 전선에 비상이 걸린다
벌써 방학의 절반을 까먹어 버려
밀린 방학 숙제에 날씨만 적어둔 일기장 때문이다

미루나무와 플라타나스 꼭대기에서
말매미가 울면, 그건 방학이 끝나 간다는 소리이고
뒷산 솔숲에서 갈색 날개의 유지매미가 울면
이제 가방 챙겨 학교갈 준비하라는 것이다

지금 시골집 쭉나무에서 맴맴 참매미가 운다
이제는 일기와 방학 숙제는 안 해도 된다

무더운 여름날 정겨운 풍경들이 지나가고 있다

—「매미」 전문

3. 흙의 마음으로 말하기

시인이 고향을 떠나 엔지니어가 되고 수십 년의 각고 끝에 '힘도 권한도 별로 없이 책임만 막강한 관리자'가 되었지만, '동화 속 여우와 포도'처럼 중소기업의 성공적 경영이라는 이룰 수 없는 꿈을 포기하고 결국 자기합리화할 수밖에 없는 게 현실이다. 기업 전반을 걱정해야 하는 관리자의 처지에서는 오히려 노동자가 더 부러운 형편인데도 노동자들의 시선은 우호적이지 않다. 고민과 스트레스로 잠을 이루지 못하고 건강이 크게 손상되었는데도 노동자의 적대적인 대상으로 폄훼되니 안타깝다. 철근공으로 전국의 공사장에서 인부로 일하며 『인부수첩』이란 시집을 펴낸 노동자 시인 김해화의 연작시 중 「인부수첩28-사과문」과 이를 패러디해 관리자의 고단한 처지에서 답변 형식으로 쓴 「인부수첩28 사과문에 부쳐-김해화 시인에게」란 시를 대비해 보자.

우리들은 참말로 미안하다
하느님이 보우하사 이 청청한 일요일
당신들의 행복한 아침
새벽부터 와장창 철근을 부리면서도

세상의 벽을 깨뜨리듯 죽어라고
죽어라고 망치질을 하면서도
과장님 부장님 사장님 사모님……
당신들의 축복 받은 늦잠에게 당신들의
핑크빛 무드에게
우리들은 참말로 미안하다

—김해화, 「인부수첩28-사과문」 부분

나도 참말로 미안하다
하느님이 보우하사 피곤한 일요일마다
가기 싫은 성당 아내에게 등 떠밀려 가는 것도 미안하고
당신이 세상의 벽을 깨트리듯 망치질할 때에도
에어컨 빵빵한 사무실 컴퓨터 앞에 앉아서
머리를 쥐어뜯으며 며칠째 제안서와 견적서를 작성하고
힘도 권한도 별로 없이 책임만 막강한 관리자로
거래처에서 직원들 대신 욕만 몇 배로 얻어 먹으며
머리 빠개지도록 하루에 몇십 통씩 힘들여 통화를 하고
여름날 피서도 못 가고 해외여행은 당연히 못 가고
단골 거래처에서 긴급한 연락이 와서
일요일 꿀맛 같은 낮잠을 못 자서 미안하고
몇 년째 핑크빛 무드를 즐기기 못해서 정말 미안하다

—「인부수첩28 사과문에 부쳐-김해화 시인에게」 부분

김해화 시인의 시에서 '과장님 부장님 사장님 사모님'은 '당신들'로 대상화되어 일요일 늦잠을 자고 핑크빛 무드를 즐기는 그런 사람들로 묘사되며 부셔야 할 세상의 벽으로 그려진다. 하지만 정완희의 시에서 화자의 처지는, 지위는 관리자로 '당신들' 중 하나이지만 막강한 책임으로 머리를 짜내 견적서를 작성하고 일감을 얻으려 애쓰느라 핑크빛 무드와는 무관하게 피곤하게 산다. 따라서 일방적인 비난과 빈정거림을 받을 그런 상황은 아니다. 사실 중소기업은 대기업의 횡포와 거래처의 갑질 속에서 살아남으려고 온갖 수고와 모욕을 감내하는 입지로, 결국 노동자와 비슷한 처지의 '을'이다. 따라서 이분법적인 구분과 단선적인 대응보다는 서로의 입장을 헤아려 평화롭게 공존하려는 공감과 관용의 자세가 요구된다. 결국, 중소기업 관리자와 막노동에 시달리는 노동자는 함께 연대하고 협력하는 지혜로운 대응이 필요하다. 중소기업이 살아남아야 가장 낮은 현장에서 일하는 노동자도 살아갈 수 있으니, 이들은 서로를 배제한 채 살 수 없는 유기체적 존재들이다. 정완희 시인의 이런 유기체적 태도는 그가 뿌리를 두고 있는 농업적 세계관에서 비롯된 '흙의 마음'이 있기에 가능한 것이다.

생태적 세계관을 지향하는 시인은 모름지기 만물의 생명을 지탱해 주는 어머니 대지에 대해 말하는 법을 배워야 한다. 정완희 시인은 엔지니어이면서도 삶의 뿌리가 서천 판교에서 터득한, 자연의 섭리에 순응하는 농업적 세계관을

간직하고 있기에 '흙의 마음'으로 자연물에 대해 말할 수 있다. 그의 이런 태도는 햇빛을 독점하려는 백일홍을 조심스럽게 설득해 열매를 실하게 맺지 못하는 감나무를 가리지 않도록 가지 하나를 잘라 주어 사이좋게 공존하게 하는 시 「양보」에서 잘 드러난다.

감나무에게 자리를 내어 주지 않는
백일홍의 가지를 잘랐다

감나무를 파서 옮겨 주려다
그러면 감나무가 죽을 수도 있고
뿌리가 다시 자리 잡는 데
이삼 년은 걸릴 거라서
사이좋게 햇빛도 나누라고
백일홍에게 가지 하나를 양보하라고
조심스레 양해를 구했다

내가 누리고 있는 이 자리도
행여 누군가에게 얼굴을 가리거나
시야를 햇빛을 가리거나
높이 올라갈 길을 막았다면
나도 얼른 옆으로 비켜야 한다
양보를 해야 한다

사이좋게 햇빛을 나눠야 한다

—「양보」 전문

4. 야성의 외침과 낮아지기

정완희 시인의 표제작인 「붉은 수숫대」는 아주 강인한 저항 의지를 역동적인 감각으로 보여 주며 강렬한 인상을 남긴다. 특히 유사한 제목의 중국 영화 〈붉은 수수밭〉을 연상시켜 아주 인상적이다. 80년대 말 우리나라가 중국과 정식으로 수교하지 않은 때였지만, 공산권 국가인 헝가리와 수교를 맺으며 소련, 중국 등 북방외교를 의욕적으로 추진하던 시기에 학생들을 인솔하여 중국 영화 단체관람을 했었다. 막연한 호기심을 뛰어넘어 영화 전편에 흐르는 강렬한 붉은색의 감각적 영상 처리가 선명하게 남아 있는데, 일본군과 싸우다 붙잡힌 민간인 게릴라를 산 채로 가죽을 벗겨 죽이는 일본군의 만행이 너무 끔찍해 한동안 가위눌렸던 기억도 난다. 이런 참혹한 죽음에 분개한 마을 사람들의 집단적 저항으로 수수밭이 화면 가득 붉게 불타는 마지막 장면 또한 지금도 선하다.

이 영화는 나중에 중국 최초로 노벨문학상을 받게 된 모옌의 소설 『홍까오량 가족』이 원작이며, 지금은 세계적인 명성을 얻은 영화감독 장이머우의 감독 데뷔작이자 영화배우

공리의 데뷔작이기도 하다. 강인한 생명력으로 일본의 만행에 저항한 중국 민중들의 역사를 그린 『홍까오량 가족』은 「붉은 수수」를 포함한 중편 다섯 편을 엮은 연작소설집으로, 작가 모옌의 고향 사람들이 보이는 강인한 저항 의지를 역동적으로 그렸다.

정완희의 시 「붉은 수숫대」는 공유지라 민간인의 농작물 경작이 금지된 강가 둔치에 붉은 수수를 몰래 경작한 사람이 수수의 모가지만 잘라 간 뒤 선명한 핏자국으로 서 있는 붉은 수숫대가 일자리를 잃은 해고 노동자의 붉은 조끼와 겹쳐지면서, 봄이 올 때까지 하얀 몸통으로 칼바람을 맞아야 하는 수숫대와 복직이 될 때까지 모진 시련을 온몸으로 견디며 맞서 싸워야 하는 해고 노동자의 뜨거운 저항 의지를 감각적으로 대비해 표현한 작품이다.

붉은 수숫대가 서 있다
천만 원 이하 벌금이거나
2년 이하 징역의 경작 금지 팻말이
쓰러져 있는 뚝방 길가

경작주는 잘 익은 놈들만 골라, 남몰래
모가지만 뎅강 잘라 갔다
온몸에 흘러내린 선명한 핏자국

이제 수숫대는
강남역 네거리 붉은 현수막 두른 철탑 위
붉은 조끼 입은 해고 노동자가 되어
차가운 바람 앞에 섰다

늦가을 찬 서리가 내리고
겨울 지나 봄이 올 때까지
이파리 껍데기 모두 칼바람에 날리고
하얀 몸통만 남아 비틀린 세상에 맞서며

—「붉은 수숫대」 전문

이 시 2연에서 '뎅강'이란 의태어는 목을 단번에 자르는 모습을 나타내 섬뜩한 충격을 준다. 이런 자극적 표현은 3연 해고 노동자의 이미지와 겹치면서, '해고'를 구조조정이나 고용의 유연성이란 무감각한 말로 분칠함으로써 그 참혹함을 감추는 비틀린 세태를 단칼로 베어 버리는 효과를 얻는다. 해고 노동자들이 애절하게 외치는 '해고는 살인'이라는 주장이 바로 '뎅강'이란 의태어로 실감 나게 환기되기 때문이다. 모가지가 잘린 채 온몸에 선명한 핏자국을 남긴 채 서 있는 붉은 수숫대와 붉은 조끼를 입은 해고 노동자의 모습이 주는 시각적 이미지 또한 '살인'을 부각한다.

80년대 후반의 노동자 대투쟁 이후 경계를 가리지 않는 자본의 절대적인 힘 앞에서 파편화되고 무기력해진 노동자들의 단결된 저항 의지가 퇴색되면서, 이제 자본주의적 삶 이전의 충만한 저항 의지를 보는 것이 힘들어졌다. 하지만 이 시에서는 붉은색의 강렬한 이미지의 중첩으로 그 저항 의지를 되살려내고 있다. 우리 시대가 잃어버린 야성의 외침이 그리운 시절이기에 더 강렬한 인상으로 다가온다.

그러나 야성의 외침이 아무리 생생하다 해도 극한 대립이 사람들의 마음을 움직이기 어려운 시대가 되었다. 이젠 날선 폭언과 극단적 폭력보다는 평화적이고 부드러운 설득으로 여럿이 함께 어깨 걸고 즐기면서 문화적인 싸움을 벌여야 함을 우리 시민들은 경험으로 터득했다. 배제와 혐오로는 세상을 바꿀 수 없다. 타인을 부정하고 지배하려는 욕망은 폭력과 갈등의 또 다른 원인을 만들 뿐이다. 우리가 고통받는 타인의 간절한 부름에 기꺼이 응답하는 자세를 가질 때 비로소 우리는 책임 있는 윤리적 존재로 자신을 고양할 수 있다. 시인은 농사일을 통해 기꺼이 자신을 낮추며 고통받는 타인과 자신을 동일시하려 애쓴다.「콩 고르기」는 세상에 버려진 콩들의 가치를 변호하며 그들을 자신과 동일시하며 그 아픔에 공감하는 자세를 잘 보여 준다.

> 쟁반에 콩을 굴려 콩 고른다
> 벌레 먹어 하얀 속살 드러내거나
> 찌그러진 콩과 납작한 콩 썩은 콩까지
> 구르지 않는 것들은 모두 버린다

밭을 갈아 콩을 심어 윗순 잘라 주고
늦서리 내린 뒤에야 낫으로 베어
토방과 마루에서 보름을 말렸다
마당에 어머님 쓰시던 그물망 깔고
도리깨 휘둘러 타작을 했다

겨울이 시작되면 아버지는 콩 고르기를 하셨다
서리태와 메주콩과 작은 콩나물콩까지
겨울 깊어져도 네모난 쟁반을 놓지 못했다
썩은 콩 한 개에 밥 한 그릇이 버려지고
썩은 조개 한 개에 한 솥 국을 버릴 수 있단다

세상으로 버려진 콩들을 본다
구르지 않는다고 왜 모두 썩은 콩이겠느냐
나도 한때는 고단한 노동에 찌그러진 콩이었으며
지금도 잘 구르지 않는 콩이나니

—「콩 고르기」 전문

쟁반에 콩을 굴려 구르지 않는 것들을 모두 버리는 분별법은 잘못된 방법이다. 물론 벌레가 먹거나 썩은 콩은 골라내야 한다. 아버지의 지적처럼 '썩은 콩 한 개에 밥 한 그릇이 버려지'기 때문이다. 하지만 찌그러지거나 납작해 잘 구르지 않는다는 기준은 다분히 자의적이고 배타적이다. 둥글고 이쁜 것만 콩인 것은 아니다. 외적 모양이 콩의 본질적 가치를 가르는 기준이 될 수는 없기 때문이다. 콩이 가진 성분은 그대로인데 알맹이를 털 때 도리깨에 부딪혀 살이 떨어져 나가거나 찌그러지고 납작해졌을 수 있기에, 이는 외적 환경의 잘못이지 콩 자체의 잘못은 아니다. 정완희 시인은 마산에서 청춘 시절을 보낼 때 자주 함께하던 마산 토박이이자 마산 지킴이인 이선관 시인을 깊은 애정을 가지고 자주 언급하며 추억한다. 이선관 시인은 백일해 치료제로 먹은 한약이 잘못돼 목을 잘 가누지 못하고 말을 제대로 못하는 신체장애인으로, 어린 시절 열등감과 자기모멸감에 시달렸으나 폭넓은 독서와 시 쓰기로 이를 극복하고, 공동체적 가치를 자신의 개인적 아픔이라는 구체적 현실에 빗대어 소박하면서도 당당한 어조로 표현하며 자신의 굴레에서 해방된 훌륭한 시인이다. 자신과 두 아들을 버리고 떠난 아내를 욕하며 미워하던 마음을 시간 속에 안으로 삭이며 그래도 자신과 달리 "건강한 아이를 낳아 주었다는/그 하나만으로 고마운 마음"을 가지는, 이선관은 그런 시인이다. 살아있는 생명에 대한 그의 진지한 감사의 마음이 얼마나 경건한가. 정완희 시인은 이렇게 자신을 낮추어 세상에 버려진, 찌그러지고 살점이 떨어져 나간 콩들과 기꺼이 눈을 맞추며, 작디작은 것들에 대해 민감하게 반응할 줄 안다. 이것이야말로 시인이라면 꼭 갖추어야 할 태도이다. 아무쪼록 정완희 시인이 고향에 든든한 뿌리를 내려 원기를 회복하고,

뭇 생명들과 교감하며 원형이정의 유기체적 삶을 잘 살아 내리라 믿으며 뜨거운 응원을 보낸다.

시인의 말

몇 년째 아산과 고향 서천으로
오도이촌을 하며 시골살이를 준비하다
이제 서천으로 귀향을 했습니다.
텃밭 농사를 하며 소소한 행복에 젖어 봅니다.
욕심을 내려놓으니 마음이 가벼워졌어요.
시골로 뿌리를 내리는 중입니다.

세 번째 시집입니다
바쁘신 가운데 해설을 써 주신 김영호 평론가님,
추천사를 써 주신 나태주 선생님, 이은봉 시인님께도
감사드립니다.

2020년 5월 18일 서천에서
정완희

실천문학시인선 038
붉은 수숫대

2020년 6월 15일 1판 1쇄 인쇄
2020년 6월 15일 1판 1쇄 펴냄

지은이 정완희
펴낸이 윤한룡
편집 김은경
디자인 윤려하
관리·영업 이소연

펴낸곳 (주)실천문학
등록 10-1221호(1995.10.26)
주소 남양주시 퇴계원읍 퇴계원면 52 405호
전화 322-2161~3
팩스 322-2166
홈페이지 www.silcheon.com

ISBN 978-89-392-3050-7 03810

본 도서는 충남문화재단의 지원금을 받아 발간되었습니다.